A

JULES FERRY

Tunis, 24 avril

1899

A

JULES FERRY

Tunis, 24 Avril

1899

C'est le 16 avril 1881, que Jules Ferry, président du
Conseil des ministres, revendiqua, pour la première fois,
devant les Chambres, la responsabilité de l'action politique et militaire qui, pour faire valoir des droits
incontestés et reprendre une tradition déjà ancienne,
engageait le drapeau de la France en Tunisie.

Approuvé par un vote formel du Parlement, le
Gouvernement s'assura, par une série d'actives négociations, la neutralité ou le renoncement des puissances
européennes. M. Barthélemy Saint-Hilaire, ministre
des Affaires étrangères, fit dire au sultan, par notre
ambassadeur, M. Tissot, que la France ne tolérerait
pas la presence d'un seul vaisseau turc dans les eaux de
La Goulette. Le 13 mai, Jules Ferry pouvait annoncer
au Sénat qu'un traité venait d'être signé par S. A. le
Bey de Tunis et par le général Bréart, plénipotentiaire
français. En même temps, le Président du Conseil
définissait clairement le régime protecteur que la France
comptait instituer en Tunisie. « La République française,

disait-il, a répudié solennellement, en commençant cette expédition, tout projet d'annexion, toute idée de conquête... Nous n'avons pour le Bey de Tunis que les sentiments d'une sincère bienveillance et nous sommes tout disposés à la lui prouver de nouveau, aux termes de notre traité, si Son Altesse venait à être menacée dans son autorité légitime et dans son indépendance. Après les déclarations solennelles du Gouvernement de la République française, il ne peut subsister aucun doute sur nos intentions, ni pour le Bey lui-même ni pour les populations à la tête desquelles est placée sa dynastie depuis deux cents ans. Messieurs, il nous semble que la France peut être satisfaite de la conclusion de ce traité, de même qu'elle a le droit d'être fière de la bravoure et de la discipline de son armée ([1]). ».

Ces résultats, si prompts, étaient dignes, en effet, de rassurer et de consoler le patriotisme de la nation française. « Il faudra bien, disait Gambetta, que les esprits chagrins en prennent leur parti. La France reprend son rang de grande puissance ([2]). »

Depuis cette époque, le régime du Protectorat, conçu par Jules Ferry, inauguré par M. Roustan, organisé par M. Paul Cambon, appliqué par MM. Massicault, Charles Rouvier, René Millet, a transformé la Tunisie au point d'en faire le plus florissant des pays musulmans et la plus prospère de nos colonies d'outre-mer.

Dès l'année 1884, les réformes financières du Gouvernement protecteur permettaient le remboursement de la dette tunisienne. En quatre années (1884-1888) les recettes de la Régence s'élevèrent de 10 millions à

([1]) *Discours et Opinions de Jules Ferry*, publiés avec commentaires et notes par M. Paul Robiquet, avocat au Conseil d'Etat, t. IV, p. 541 et suiv.

([2]) Lettre adressée à Jules Ferry, le 13 avril 1881.

27 millions. La Tunisie, naguère impénétrable au commerce et à l'industrie, se couvrit rapidement d'un vaste réseau de routes et de chemins de fer. Les ports de Tunis, de Bizerte, de Sfax, de Sousse, ouvrirent la Tunisie au commerce extérieur. Le bon fonctionnement de l'administration, la sécurité rétablie, la commodité des transports, la régularité du service postal, tous ces avantages, unis au charme d'une contrée exceptionnellement salubre et attirante, ne manquèrent pas de repeupler et de ranimer la Régence. Tous les voyageurs sont unanimes à exprimer leurs sentiments d'admiration pour cette France d'Afrique. Ceux-là mêmes qui s'étaient opposés d'abord à l'expédition de Tunisie furent contraints de reconnaître leurs fautes et de faire un acte de contrition en public. Jules Ferry, récompensé de ses peines par l'efficacité de son œuvre, pouvait dire joyeusement, au mois de septembre 1892 : « La Tunisie est à la mode : elle fait l'enchantement des touristes et l'envie de nos voisins (¹). »

Les indigènes eux-mêmes ont ajouté, à ce concert de louanges leur hommage particulièrement significatif.

En 1887, Jules Ferry, voyageant en Tunisie, s'arrêta dans la ville de Sousse. Les notables, le Conseil municipal, sachant qu'il était là, exprimèrent le désir de s'entretenir avec lui. Il y trouva une grande satisfaction, car voici à peu près le discours que lui tint le cheickh :

« Monsieur, nous savons que vous avez été pour beaucoup dans la nouvelle organisation qui a été donnée à la Régence. C'est pourquoi nous avons tenu à vous déclarer que cette nouvelle organisation nous donne une

---

(¹) *Préface* de l'ouvrage de M. Narcisse Faucon : *La Tunisie avant et après l'occupation française*, 2 vol. 1893.

satisfaction complète, pour deux raisons : parce que la France a respecté nos traditions et notre Bey, et parce qu'elle ne nous a pas inondés de ses fonctionnaires (¹).»

Tant de services rendus à la patrie et à l'humanité méritaient une sanction, non pas plus touchante, mais plus solennelle.

Sur l'initiative de M. René Millet, le Gouvernement de S. A. le Bey, d'accord avec la République française, décida qu'une statue serait élevée à Jules Ferry sur une des places publiques de Tunis.

Ce monument fut inauguré, le lundi 24 avril 1899, par les autorités françaises, auxquelles s'était joint S. A. le prince Mohammed-Bey, héritier présomptif du trône beylical.

M. Krantz, ministre des Travaux publics, prit la parole en cette cérémonie, au nom du Gouvernement de la métropole, et résuma par un vigoureux exposé de faits et de textes les luttes que Jules Ferry a dû soutenir pour achever son œuvre.

M. René Millet, ministre plénipotentiaire, résident général de la République française, prononça un discours dont l'accent, très personnel et la forme, très littéraire, ont tour à tour ému et charmé l'assemblée.

A la solennité coutumière des cérémonies officielles se mêla, dans cette circonstance, le recueillement des amis fidèles, venus de France pour se réunir autour du monument triomphal qui effaçait, par son rayonnement de gloire, tant d'épreuves et tant d'iniquités.

Sur le piédestal on lit ces mots : A JULES FERRY. Le socle a été taillé dans un bloc de grès d'Afrique, tout

---

(¹) *Discours et Opinions de Jules Ferry*, t. V, p. 128.

pareil, par son grain et par sa couleur, au grès de ces Vosges natales, dont la « ligne bleue » s'associa toujours, dans les visions et dans les rêves de Ferry, aux perspectives infinies de notre empire colonial. L'effigie est en bronze. L'œuvre est signée par le sculpteur Antonin Mercié. Ce sont là de grands honneurs. Personne, depuis que la démocratie française est en possession de ses destinées, n'a pu entrer si fièrement dans l'histoire, et comparaître ainsi, la tête haute, le visage calme, devant l'équitable postérité.

Cet hommage, de l'aveu de tous, est proportionné aux services rendus. Les Français ont compris qu'en proclamant la gloire de ce patriote, si longtemps méconnu, ils s'allégeaient d'un remords et s'acquittaient d'une dette. On a pu voir, au pied de ce monument, sous les trophées de drapeaux tricolores, l'amende honorable des factions violentes et stériles, par qui Jules Ferry fut écarté du pouvoir. Cet acte de contrition fut sincère, et il convient de pardonner, presque d'oublier. D'ailleurs, l'illustre président du Sénat avait l'âme trop généreuse pour s'attarder aux rancunes du passé. Il regardait de haut et voyait loin. Il avait entrepris de restituer à sa patrie le rang qu'elle doit tenir parmi les nations. En attendant les revendications essentielles dont il avait marqué le lieu et l'heure avec la précision méthodique de son esprit, il voulait que l'univers, étonné d'un si prompt relèvement, admirât partout la présence et l'action de la France ressuscitée. Que de projets il eût réalisés, s'il eût gouverné, s'il eût vécu! Ses grands desseins, patiemment servis par sa volonté sereine, étaient classés sous son front de penseur et seraient venus, l'un après l'autre, au moment prémédité, se placer sous sa main d'homme d'État. Du moins, dans le peu de temps qui lui fut départi, deux de ses plus beaux rêves ont pris, devant ses yeux, une forme et une couleur qui ne s'effaceront pas. Il a fondé une nouvelle France d'Extrême-Orient, une nouvelle France d'Afrique. Il a illuminé d'un rayon de victoire les armes neuves de la République. En souvenir de cette consolation nationale, l'armée française de Tunisie, défilant devant sa statue, vient de décerner à Ferry « le Tunisien » l'acclamation des fanfares, l'hommage des drapeaux inclinés et le salut étincelant des épées.

Debout sur ce haut piédestal, il semble contempler son œuvre, tandis que les gracieuses figures, échelonnées sur les degrés de la base, rappellent aux passants le charme de bonté compatissante et civilisatrice que recélait, au plus profond de son âme, ce ministre courageux, cet infatigable éducateur, cet orateur impérieux. En pliant le bronze à des inflexions plus douces, afin de mêler à des images de puissance et de gloire, la gerbe d'une glaneuse et le geste ingénu d'un enfant qui apprend à épeler le nom de la France, l'artiste a répondu par la plus ingénieuse délicatesse au vœu des cœurs fidèles par qui Jules Ferry fut consolé de tout.

En établissant à Tunis la domination protectrice de la France, Jules Ferry continuait, achevait une œuvre nationale, dès longtemps commencée par notre plus ancienne diplomatie. Là encore, ce grand ministre de la République, héritier authentique de nos plus illustres secrétaires d'État, montra que son génie réformateur était prêt à recueillir pieusement l'héritage du passé. Le 12 mai 1881, jour où le traité du Bardo fut signé par le général Bréart et par le bey Mohammed ès Saddok, j'imagine que nos vieux agents consulaires des « Échelles du Levant » ont dû tressaillir dans leur tombe. Cet acte était l'aboutissement du long effort où ils avaient usé leur vie. Braves gens, si fidèles, si patients, si désintéressés ! Ils se sont donnés de tout cœur à leur besogne, sans jamais réclamer contre le sort ni regimber contre le devoir, ni reculer devant le péril. Exilés, comme on disait alors, « en pays de barbarie », ils ont été, sans relâche ni désespérance, les initiateurs d'une propagande dont le résultat dépasse leurs plus ambitieuses prévisions. Ferry les connaissait. Il avait lu, aux archives des Affaires étrangères, les papiers jaunis où leur écriture, pâlie par les siècles, indiquait, avec une insistance touchante, la route qui, après eux, fut suivie et le but qui fut atteint (¹). C'est pourquoi je voudrais les évoquer tous : un Denis Dusault, un Barthélemy de Saizieu, un Jean-Baptiste du Rocher, un Châteauneuf, un Devoize, un Guys, un Mathieu de Lesseps, dignes prédécesseurs de Léon Roches, de Roustan, de Cambon, de Massicault, de Millet.

Il faut lire leurs dépêches, publiées et commentées par M. Eugène Plantet (²). Le savant éditeur, ému par une telle prodigalité de dévouement et de sacrifice, résume ainsi les bons offices de ces incomparables serviteurs, morts à la peine : « L'histoire a gardé la trace des infructueux essais de protectorat tunisien tentés par

---

(¹) V. *Discours et Opinions*, t. V, p. 10. Jules Ferry disait, dans un discours prononcé, le 5 novembre 1881, à la Chambre des Députés : « Messieurs, il faut vraiment ou bien être complètement étranger à l'histoire politique et diplomatique de ce pays, ou bien être singulièrement aveuglé par l'esprit de parti, pour croire que le Gouvernement qui est sur ces bancs, ou que les agents qui le représentent à l'étranger sont les inventeurs de la question tunisienne. »

(²) *Correspondance des beys de Tunis et des consuls de France avec la Cour*, t. I (1577-1700) ; t. II (1700-1770) ; t. III (1577-1830), publiée avec une introduction, des éclaircissements et des notes, sous les auspices du Ministère des Affaires étrangères par Eugène Plantet, gr. in-8° raisin, Paris, Alcan, 1899. *(Ouvrage récompensé par l'Académie des sciences morales et politiques.)*

Charles-Quint en 1535, et par don Juan d'Autriche en 1573; elle a prouvé combien les résultats des armadas d'Espagne, des démonstrations navales et des bombardements des autres nations chrétiennes étaient éphémères. Sans doute, la France a dû, parfois, venger par les armes son pavillon outragé, son commerce ruiné, ses fils captifs, ses nationaux exploités sans merci. Mais, c'est grâce aux labeurs pacifiques et quotidiens, à l'influence morale des Saizieu, des Devoize, des Lesseps, que pas à pas les Tunisiens ont fini par reconnaître les vrais chemins du progrès. A l'école de la patience, ces hommes ont supporté les avanies, subi les insultes, ruiné leur fortune, souffert mille déboires et mille injustices; ils n'espérèrent même pas voir triompher leur cause. La probité de leur conscience et la loyauté de leur caractère, leur esprit d'équité, leur désintéressement et leur amour du bien n'en ont pas moins fait aimer le nom de la France, comme celui de la « protectrice des peuples opprimés ».

Il convient de saluer respectueusement, à l'occasion des récentes fêtes de Tunisie, ces « soixante-dix consuls de France, oubliés, disparus sans récompenses et sans lauriers, mais au champ d'honneur ».

Les lettres de ces précurseurs sont quelquefois prophétiques.

Saizieu, consul depuis le 29 novembre 1762 jusqu'au 9 décembre 1776, employa ses loisirs à rédiger un mémoire où nous lisons ceci:

« La France peut-elle subjuguer les États de Barbarie? La négative serait un blasphème... Il suffit de former un établissement militaire à couvert de tout besoin. La

Goulette l'offre et commande la plus belle rade de l'univers. Elle ne résisterait pas trois jours à dix mille hommes qui l'attaqueraient par ses ruines de terre. Semblables aux décorations théâtrales, toutes ces places, vues de loin, n'effrayent que l'imagination; vues des coulisses, c'est-à-dire du côté de la terre, ce ne sont plus que des masures noires et entr'ouvertes, que le canon ferait écrouler. Je m'en suis convaincu sur les lieux. J'ai longtemps souffert pour ma nation des outrages qui nous justifient aujourd'hui du désir de surprendre et d'asservir ces peuples malheureux. Notre vengeance se convertirait en bienfaits en les rendant libres, honnêtes et heureux. »

Voilà, semble-t-il, toute la théorie du protectorat, indiquée d'avance, en termes significatifs.

Jacques Devoize, qui représenta la France à Tunis, depuis le 30 juin 1778 jusqu'au 30 mai 1815, traçait avec la même netteté le dessein d'une expédition en Tunisie.

Ces idées justes s'insinuèrent si bien dans notre chancellerie, que toutes les instructions adressées de Paris à nos agents semblent, à partir d'une date très ancienne, tendre au principe de cette intervention effective, qui fut décidée finalement par l'initiative hardie de Jules Ferry.

Chateaubriand, ministre des Affaires étrangères, rédigeait en personne, le 28 novembre 1823, les instructions destinées à M. Guys, consul général et s'exprimait ainsi : « Sous le point de vue politique, il nous importe de recouvrer notre ancienne prépondérance à Tunis et de l'accroître autant que possible ».

Ainsi, devant ce monument consacré à un vaillant

serviteur de la Démocratie, on songe au passe, à la longue tradition de labeur et de dévouement que l'institution du Protectorat achève et couronne. On voit les efforts successifs qui, en s'accumulant de siècle en siècle, préparent l'accomplissement d'un grand dessein par un grand homme. Et rien n'est plus capable qu'une telle méditation, de montrer le progrès de la puissance française et la continuité de la patrie.

GASTON DESCHAMPS.

DISCOURS DE M. René MILLET

J'ai l'honneur de vous présenter le monument qui a été élevé, aux frais du Gouvernement tunisien, à la mémoire du grand citoyen Jules Ferry.

Messieurs, songez que c'est la première statue qu'on dresse ici depuis la chute de l'Empire romain, c'est-à-dire depuis plus de quatorze siècles.

Malgré la différence des temps et du costume, les personnages consulaires dont l'effigie dominait les vieux forums disparus reconnaîtraient leur descendant direct dans cette homme au front volontaire, à l'œil attentif, au geste sobre et décidé.

Comme le consul romain, c'est un fondateur, et cette

terre d'Afrique, qu'il a touchée de son doigt puissant, gardera son empreinte.

Les vrais politiques ne procèdent pas par coups de théâtre. Ferry n'a pas inventé la question tunisienne. Elle était posée depuis le jour où les trois couleurs ont flotté sur la Casba d'Alger.

Depuis lors, en effet, ni la France ne pouvait se désintéresser du sort de la Tunisie, ni le Gouvernement des Beys ne pouvait subsister sans l'appui amical de la France. Les souverains de ce pays étaient de trop fins politiques pour ne pas comprendre que, désormais, leur regard devait se tourner vers l'Occident plutôt que vers l'Orient. Pendant un demi-siècle, il y eut échange de bons offices. Les Beys recherchaient les conseils de nos hommes d'État. Ils nous empruntaient nos officiers pour former leurs troupes, nos financiers pour régler leurs comptes, nos ingénieurs pour restaurer leurs aqueducs.

De notre côté, nous avons failli leur emprunter des princes. Le maréchal Clauzel, gouverneur général de l'Algérie, eut un moment la pensée d'installer deux Beys de la famille Hussénite dans les provinces de Constantine et d'Oran. C'était réaliser, en Algérie même, et cinquante ans plus tôt, la conception du Protectorat. On me permettra de regretter, pour l'Algérie, que l'expérience n'ait pas été faite.

Il y avait donc, de part et d'autre, désir d'entente. Mais la différence profonde des institutions administratives laissait subsister de grosses difficultés et ne nous permettait pas de prêter un concours efficace à l'œuvre de régénération ébauchée par les Beys.

Ces relations mal définies durèrent jusqu'en 1881. A cette époque, solennelle pour la France, après dix ans de recueillement, notre vigoureuse nation avait refait son armée, repris sa place dans les conseils de l'Europe.

lle commençait à regarder hors de chez elle. Des
orces nouvelles frémissaient dans son sein. Une sorte
e printemps sacré jetait sur tous les chemins du monde
e jeunes hommes avides d'action, et cette soif d'aven-
ures présageait, pour l'observateur attentif, le réveil de
expansion coloniale. La France, rejetée et comme
assée sur elle-même, était lancée par une force irré-
istible vers ces entreprises d'outre-mer pour lesquelles
a nature l'a si bien douée, mais dont les querelles du
ontinent l'ont trop longtemps détournée. Il fallait
rouper ces aspirations éparses, leur assigner une
irection et un but. Il fallait aussi secouer nos vieilles
outines coloniales, renoncer aux formules géométriques,
la manie de transporter partout nos institutions et nos
ois, à la rage d'appliquer, sous toutes les latitudes, les
rincipes du code Napoléon; il fallait inventer des
ormes de gouvernement assez souples pour se plier au
empérament des peuples. Souvenez-vous, messieurs : il
a vingt ans, qui croyait à une métamorphose aussi
adicale? Combien de gens, même en France, levaient
es épaules quand on leur parlait de notre génie colonial!

Et maintenant, admirez le ferme esprit que ces vaines
lameurs n'ont pu ébranler et qui, marchant à son but, à
ravers les contradictions, a su concilier en Tunisie, sous
a forme ingénieuse du Protectorat, les intérêts de l'expan-
ion française avec le respect du Gouvernement local.

C'est qu'aux qualités de l'homme de gouvernement,
ui sont un mélange de hardiesse et de mesure, de bon
ens et de ténacité, il joignait une vertu républicaine, à
avoir un vif sentiment de la dignité humaine, quel que
oit le nom dont elle s'appelle, la croyance dont elle se
éclame ou la misère sous laquelle elle se cache.

Il fut secondé par un homme que je n'hésite pas à
lasser parmi les plus beaux caractères dont s'honore
un pays, par Jules Barthélemy Saint-Hilaire, son

2

ministre des Affaires étrangères. Plusieurs d'entre vous ont connu ce grand vieillard, le dernier survivant de la génération qui a fait la révolution de 1830, le républicain inébranlable, le philosophe impassible qui, après avoir repoussé les séductions de tous les régimes, était venu servir modestement à côté de M. Thiers et poser avec lui les assises de la troisième République. Il savait l'Europe, il était connu d'elle, et, toujours prêt à se contenter du second rôle, il offrit à Ferry le concours de sa vieille expérience.

Associés dans la même œuvre, il était juste de les associer dans le même souvenir. Derrière ce monument, à la place qu'il eût choisie lui-même, vous retrouverez, dans le bronze de Mercié, ses traits de vrai Romain, empreints d'une indomptable énergie.

Pardonnez-moi, messieurs, si j'évoque ici des souvenirs personnels. En 1881, j'étais auprès de ces deux hommes, j'ai suivi jour par jour leur intime collaboration dans la question tunisienne. Je ne peux me rappeler sans émotion les harmonies et les contrastes de ces deux imposantes figures: l'un, le plus jeune, et pourtant le chef, inclinant, dans la réflexion, ce front qu'il portait si haut à la tribune, soutenant sur ses larges épaules le poids d'une immense responsabilité, consciencieux jusqu'au scrupule, ne se décidant qu'après des combats intérieurs que ne connaissent pas les hommes au cœur léger, mais ne reculant jamais quand sa résolution était prise; l'autre, encore plein de feu sous ses cheveux blancs, presque timide à la tribune, mais reprenant toute son autorité dans le Conseil et puisant sa force dans un détachement complet de toutes les ambitions. Ce qui unissait ces deux hommes c'était un égal sentiment du devoir et un commun mépris pour les manèges inférieurs de la politique et pour la vaine popularité.

Heureux, messieurs, ceux dont la jeunesse a vu de tels exemples. Ceux-là savent dans quelles régions sereines s'élaborent les grandes résolutions.

L'œuvre de Ferry est debout devant vous. Elle a eu la bonne fortune d'être soutenue ou continuée par des hommes qui s'appelaient Roustan, Paul Cambon, Massicault, tous fidèles à la pensée du maître. Cette œuvre, vous la jugerez, messieurs. Comme toute chose humaine, elle a ses imperfections. Elle soulève ici même des critiques passionnées : rien en ce monde ne s'accomplit sans lutte. Je crois cependant qu'à tout prendre, le sentiment public ne se trompe pas quand il considère la Tunisie comme le plus grand succès de la France contemporaine dans l'ordre des entreprises coloniales. Et ce succès est principalement dû, selon moi, à la pratique loyale de ce protectorat, qui, en inspirant confiance aux indigènes, permet à la colonisation de se développer régulièrement, sans froisser leurs intérêts ni leurs mœurs.

Mais l'œuvre de Ferry déborde les frontières de la Tunisie.

L'élan qu'il a donné ne s'arrêtera plus. Avant l'occupation de la Régence, notre établissement d'Algérie paraissait en l'air comme une muraille inachevée. Aujourd'hui les linéaments d'un grand empire africain sortent peu à peu de l'ombre, et chaque nouveau coup de vent qui passe dissipe une partie des nuages qui en voilaient les contours. Nous sommes pareils à des voyageurs qui voient les contreforts d'une grande montagne surgir dans le brouillard du matin. Ils semblent écrasés sous cette masse et, pourtant, ils la franchiront pas à pas. Telle nous apparaît l'Afrique future, dans l'aurore encore trouble du siècle prochain.

Celui dont la statue domine vos têtes a sondé cet avenir de son regard clairvoyant. Il a vu se dérouler devant lui l'espace immense à travers lequel la France retrouvera l'aisance et la liberté de ses mouvements. A cette vision patriotique, il a sacrifié les satisfactions du jour, l'approbation des égoïsmes que toute secousse effraye.

Il a mis, sans hésiter, sa vie dans la balance, car si un grand homme est maître de ses résolutions, il n'est pas maître de son cœur, et celui de Ferry, effleuré par une balle, a été atteint plus profondément par l'ingratitude de ses concitoyens; mais il a compris que les épithètes de Tunisien et de Tonkinois, qu'on lui jetait à la face comme une injure, seraient ses plus beaux titres auprès de la postérité.

Il a encore servi la République en prouvant par son exemple qu'une démocratie comme la nôtre n'est nullement inconciliable avec les longs desseins et les vastes pensées.

Je livre ce contraste aux méditations des politiques. Il y a cent cinquante ans, le roi de France, monarque absolu, perd le Canada et les Indes. Il y a trente ans, un autre souverain, non moins absolu, nous conduit au Mexique et à Sedan. Et, en moins de vingt ans, sur les pas de Jules Ferry, la France républicaine reconstitue un empire plus vaste que celui qu'elle a jamais possédé. En vain les préjugés se défendent, la routine proteste; peu à peu les initiatives s'éveillent, les capitaux prennent courage, la jeunesse s'éprend des horizons nouveaux.

Combien les luttes des partis paraîtront peu de chose, dans l'avenir, auprès de ce grand mouvement! Et l'on se demanderait comment un ministre éphémère a pu exécuter de tels desseins, faire enfin ce que les ministres durables d'une monarchie n'avaient pas su faire, si l'exemple de Rome, si vivant sur ces rives, ne rappelaient que les œuvres les plus solides, sont celles où s'incarne l'âme de tout un peuple. Mais l'âme d'un peuple est éparse et diffuse; souvent elle s'ignore elle-même. Il faut qu'un grand esprit vienne lui révéler sa destinée, lui communiquer un peu du feu qu'il a dérobé au ciel et, nouveau Prométhée, le cœur rongé de soucis, deviner à cent ans de distance, l'essor de la patrie régénérée.

Du moins, la Tunisie a-t-elle donné à Jules Ferry la suprême consolation de justifier toutes ses audaces. Elle l'a fait entrer vivant dans la gloire. Sa modestie repousserait peut-être l'apothéose que nous célébrons aujourd'hui. Mais il nous approuverait certainement d'avoir résumé, dans les figures symboliques qui entourent son monument, les idées directrices qu'il a léguées à la France et à la Tunisie, et qui tiennent en deux mots: *Colonisation et Protectorat.*

DISCOURS DE M. Camille KRANTZ

MINISTRE DES TRAVAUX PUBLICS

Messieurs,

Il y a six ans, un coup de foudre enlevait Jules Ferry à la République et à la France. Depuis six ans, les hommages publics n'ont pas manqué à sa noble mémoire.

A Paris, le jour des obsèques nationales, au nom du Gouvernement, au nom du Sénat, au nom de la Chambre des Députés, des voix éloquentes ont mis en éclatante lumière les principaux traits de cette carrière d'homme d'État, trop courte hélas et pourtant si féconde.

A Saint-Dié, le lendemain, autour de la tombe où il a voulu dormir son dernier sommeil, ses collègues, ses concitoyens, ses amis sont venus exprimer leur douleur et leur respect.

A Saint-Dié, trois ans plus tard, lors de l'inauguration de la statue, œuvre d'un grand artiste, où revit, comme elle va revivre ici, la haute figure de l'illustre homme d'État, d'inoubliables discours furent prononcés par le successeur de Jules Ferry à la présidence du Sénat, par le Chef du Gouvernement d'alors, son ami et son continuateur, par ses successeurs aux Affaires étrangères et à l'instruction publique.

Un hommage manquait encore à sa mémoire, et non celui qui l'eût le moins touché de son vivant : l'hommage de la Tunisie.

Unie à la France, dont elle demeure distincte, la Tunisie acquitte aujourd'hui sa dette de reconnaissance. N'est-ce point à Jules Ferry, à l'initiative clairvoyante et féconde du président du Conseil de 1881, à sa prudence aussi, qu'elle doit sa splendeur renaissante? N'est-ce point grâce à l'organisation dont le ministre des Affaires étrangères a, de 1883 à 1885, posé les premières bases qu'elle vit, se développe et prospère?

Donc, il est de toute justice que Jules Ferry ait, à Tunis, sa statue.

Une statue sur la terre d'Afrique, c'était à la mémoire du grand homme d'État un hommage nécessaire. A un tel hommage, le Gouvernement de la République, aujourd'hui comme naguère, a le devoir de s'associer.

La statue de Tunis n'est-elle point la sœur de celle de Saint-Dié, dont l'inauguration fournissait à M. le Président de la République, alors président du Sénat, l'occasion d'un de ses meilleurs discours? M. Charles Dupuy, président du Conseil, n'avait-il pas, auparavant, en qualité de grand maître de l'Université, eu l'honneur de célébrer Jules Ferry, restaurateur de l'enseignement public et de l'éducation nationale?

C'est au nom du Gouvernement de la République que je suis, après tant et de si éminents devanciers, appelé à prendre la parole à mon tour.

Je sens le prix d'un pareil honneur, et j'en sens aussi tout le poids. La tâche m'apparaît redoutable autant qu'élevée, et j'hésiterais à l'entreprendre si elle ne m'apparaissait aussi comme un pieux devoir.

Des relations personnelles, encouragées par la bienveillance exquise de l'éminent homme d'État, m'ont mis à même de sentir tout ce qu'il y avait en Jules Ferry de hauteur d'âme, de profondeur de vues, de dévouement passionné à la grandeur de la patrie et à l'avenir de la République. Député du département des Vosges qu'il représentait avec tant d'éclat, à l'Assemblée nationale, à la Chambre, au Sénat, j'ai puisé aux mêmes sources que lui cette conviction profonde que la France, ne peut, sans risquer de déchoir, assister immobile, repliée sur elle-même, à l'expansion des nations rivales; j'ai pensé qu'en Extrême-Orient aussi bien qu'en Afrique, dans la Méditerranée comme dans les mers de Chine, elle a des intérêts vitaux à défendre, des droits essentiels à faire respecter.

Il serait téméraire de ma part, de prétendre retracer ici, dans toute son ampleur, la carrière de Jules Ferry; d'autres ont peint en traits définitifs le pamphlétaire des comptes fantastiques d'Haussmann, l'avocat luttant à la barre à côté de Gambetta, dans les procès politiques, l'élu républicain du 6e arrondissement de Paris au Corps législatif de l'Empire, le Membre du Gouvernement de la Défense nationale, le Maire de Paris assiégé.

Je ne parlerai pas de Jules Ferry, ministre de l'Instruction publique: son œuvre scolaire, inséparable de l'idée républicaine, est vivante, et sa pensée si profonde d'unité morale et de large tolérance est de mieux en mieux comprise.

C'est le Président du Conseil que je voudrais essayer de faire revivre devant vous; c'est de l'action de Jules Ferry sur la politique extérieure et coloniale que je veux vous entretenir, surtout de son action sur la politique de la France en Tunisie.

Quand Jules Ferry, prit la présidence du Conseil, le 23 septembre 1880, les traditionnelles relations de bon voisinage entre la France et le royaume de Tunis, semblaient quelque peu compromises; pour la première fois depuis la conquête de l'Algérie, la question tunisienne occupait l'opinion publique.

Ouverte de la mer au Sahara, des montagnes boisées de la Kroumirie aux plaines arides de la région des chotts, une frontière purement nominale sépare la Régence de nos possessions algériennes. — A l'égard de la Régence, tous les Gouvernements qui se sont succédé en France, depuis 1830, la monarchie de juillet, le second empire, la république ont constamment suivi une politique invariable. Depuis un demi-siècle, l'amitié de la France était pour le Gouvernement beylical la sûre garantie de l'indépendance du Royaume.

En 1880 et 1881, la frontière n'était pas sûre, trop souvent les populations algériennes étaient victimes d'actes de brigandages dont les auteurs étaient par trop certains de l'impunité.

Une telle insécurité ne pouvait se prolonger. Jules Ferry comprit le devoir qui s'imposait à la France de couper court à cette agitation devenue intolérable. Au mois d'avril 1881, la nécessité d'une manifestation militaire n'était plus contestable. Les crédits nécessaires furent demandés aux Chambres; voici comment, en quelques mots brefs et décisifs, le président du Conseil caractérisait à la tribune l'intervention projetée :

« Le Gouvernement de la République ne cherche pas » de conquête : il n'en a pas besoin; mais il a reçu en » dépôt des gouvernements qui l'ont précédé cette » magnifique possession algérienne que la France a » glorifiée de son sang et fécondée de ses trésors.

» Il ira, dans la répression militaire qui commence, » jusqu'au point où il faut qu'il aille pour mettre à » l'abri, d'une façon sérieuse et durable, la sécurité et » l'avenir de cette France africaine. »

Ainsi s'affirmait la politique traditionnelle de la France.

L'initiative du Gouvernement de la République ne tarda pas à porter ses fruits. Le 12 mai, un traité, signé au Bardo et promptement ratifié par les Chambres, vint resserrer et préciser encore les liens d'amitié qui n'avaient à aucun moment cessé d'exister entre le Gouvernement beylical et la France.

Au cours de l'été et de l'automne 1881, les opérations militaires durent être reprises; elles eurent encore pour but, non la conquête, mais bien la pacification du pays et le rétablissement des autorités régulières.

Aux complications du dehors, le Gouvernement que présidait Jules Ferry sut toujours habilement et promptement pourvoir.

Mais à l'intérieur, le président du Conseil avait d'autres difficultés à vaincre.

La Chambre élue le 14 octobre 1877, la Chambre des 363, venait de terminer son mandat. Avant de clore sa session, elle avait donné au président du Conseil sur les affaires tunisiennes, un témoignage éclatant de sa confiance; le Sénat avec l'opinion publique s'y étaient pleinement associés.

Après comme avant les élections générales, la Chambre renfermait une majorité républicaine nombreuse et compacte.

La Chambre nouvelle se réunissait au moment où Kairouan ouvrait ses portes à nos colonnes; elle ne pouvait différer d'avis avec sa devancière sur la nécessité d'exécuter le traité du Bardo.

Mais si les républicains étaient en majorité dans la Chambre, groupés autour de Gambetta, que l'opinion portait au pouvoir, il y avait à côté d'eux, ceux qu'on appelait alors les intransigeants, intransigeants de droite qui ne pouvaient pardonner à la République d'avoir ajouté une page glorieuse à nos annales militaires, intransigeants de gauche, toujours prompts à chercher de secrets et inavouables motifs aux actes du Gouvernement, les plus clairs et les plus limpides.

A peine la Chambre se fut-elle constituée que surgirent les demandes d'interpellation sur les affaires tunisiennes.

D'accord avec ses collègues, le Président du Conseil s'empressa de déclarer à la Chambre qu'au lendemain des élections, les pouvoirs du Cabinet constitué le 23 septembre 1880 étaient épuisés et que sa tâche devait finir avec la Chambre dont il était l'émanation.

« Mais, continuait Jules Ferry, cette résolution, » arrêtée depuis longtemps dans nos esprits, et qui » s'accomplira quoi qu'il arrive, nous l'avons ajournée, » estimant, en effet, qu'en présence d'accusations d'une » violence inouïe, d'attaques sans mesure et sans nom, » une discussion sur l'affaire de Tunis se recomman- » dait par un caractère de nécessité et d'urgence que » personne ne peut contester; et pour que cette » discussion soit libre, entière, nous avons voulu » offrir la responsabilité d'un Cabinet debout et soli- » daire. »

Fière attitude d'un homme d'État impatient de répondre à des interpellations qui ne pouvaient mettre en jeu la vie du Cabinet, mais dont l'intérêt était plus haut, puisqu'elles touchaient à l'honneur de son Gouvernement, à l'honneur même de son nom.

Quand s'ouvrit ce débat, le Président du Conseil n'hésita pas à prendre l'offensive. Il n'attendit pas l'attaque et monta le premier à la tribune, soucieux de mettre immédiatement la Chambre nouvelle en présence d'explications sincères et complètes.

Là, dans un magistral discours qu'il faudrait lire tout entier, il fit non l'apologie, mais l'histoire de ses actes et posa, pour l'avenir, les bases essentielles de l'organisation de la Tunisie régénérée.

En relisant ces pages, si chaudes encore et si vibrantes, en relisant l'éloquente réplique dans laquelle, le 9 novembre, il résume victorieusement une discussion de quatre jours, on est tenté de s'étonner de l'importance que semblaient prendre alors des objections et des critiques dont l'oubli a depuis longtemps fait justice ; tant, déjà à cette époque, étaient redoutables, même aux plus forts, l'injustice des partis et l'aveugle violence des passions politiques.

Arrêtons-nous un instant sur ce débat : il appartient à l'histoire tunisienne autant qu'à notre histoire parlementaire. Dans les deux discours de Jules Ferry, à chaque page, on rencontre les idées maîtresses qui l'ont guidé dans toute l'entreprise : le sentiment d'un grand devoir national accompli, et le dessein d'asseoir sur des bases définitives, en dehors de toute idée de conquête et d'annexion, l'influence de la France en Tunisie.

« L'expédition de Tunisie, disait-il, le 5 novembre,
» c'est la France qui la voulait et qui l'a acclamée.
» Elle l'a acclamée, non pas comme une promesse de
» victoire, de ces victoires faciles du fort contre le
» faible, mais, par un sentiment plus élevé embrassant
» à la fois un grand intérêt national à sauvegarder et
» cette idée qu'en allant en Tunisie, la France faisait
» un pas de plus vers l'accomplissement de la tâche
» glorieuse que ses destinées lui ont confiée : le
» triomphe de la civilisation sur la barbarie, la seule
» forme de l'esprit de conquête que la morale mo-
» derne puisse admettre. »

Et dans le second discours, celui du 9 novembre,

comme on retrouve l'homme d'État, le vrai Chef de Gouvernement, dans ces nobles paroles :

« Si les Chambres ont leur responsabilité, les Gou-
» vernements assument sur eux-mêmes, la première
» dans l'ordre des dates, la plus grande dans l'ordre
» moral : celle de l'initiative et nous ne voulons
» nullement, croyez-le bien, nous dégager de cette
» responsabilité et la transporter sur les bras de la
» Chambre : nous avons pris l'initiative et nous
» nous en honorons comme un Gouvernement a le
» droit de s'honorer quand il a su saisir l'occasion,
» quand il a fait à propos, au moment le plus favo-
» rable, avec le moins possible de dépenses et d'incon-
» vénients politiques et diplomatiques, une œuvre
» qu'exigeait et que justifiait, devant l'histoire et la
» conscience du pays, la sécurité nationale. »

La majorité républicaine était trop française pour rester sourde à un pareil langage : elle écarta à d'imposantes
majorités deux demandes d'enquête présentées par les
irréductibles adversaires de toute expansion coloniale.

Le Président du Conseil sortait encore une fois
victorieux de la lutte : la Chambre de 1881 lui donnait
un premier témoignage de confiance, confirmé, quelques
mois plus tard, par les votes qui lui permirent de
poursuivre, en Extrême-Orient, la politique brillante,
inaugurée en Tunisie. Au moment où il descendait
volontairement du pouvoir, le vote de l'ordre du jour
proposé par Gambetta consacrait définitivement son
œuvre :

« La Chambre, résolue à l'exécution intégrale du
» traité souscrit par la nation française, le 12 mai 1881,
» passe à l'ordre du jour. »

L'œuvre était fondée, Jules Ferry fut bientôt à
même d'en poursuivre le développement pacifique, et,
par deux réformes essentielles, il en assura l'avenir.

Président du Conseil le 22 février 1883, ministre des Affaires étrangères quelque temps après, il a eu l'honneur d'ouvrir pour la Tunisie une ère économique et administrative nouvelle.

Dans l'ordre financier, la Commission internationale chargée d'assurer au profit des porteurs européens le paiement des arrérages de la dette, dans l'ordre judiciaire, l'institution des juridictions consulaires, remettaient à des mains étrangères une part importante de l'exercice des droits de souveraineté. L'existence des juridictions consulaires dépendait à la fois du consentement des puissances intéressées et des garanties de bonne justice, qui pouvaient leur être offertes. Le Président du Conseil ouvrit des négociations qui aboutirent en janvier 1884. La France assumait en Tunisie, au regard de ses nationaux et des puissances, la responsabilité de la justice. Notre organisation judiciaire remplaçait les juridictions consulaires, définitivement abolies.

A cette première réforme, au mois d'avril, une seconde réforme, non moins importante, vint s'ajouter : la France garantissait la dette tunisienne, préalablement ramenée, par une conversion régulière, à un taux en rapport avec le taux de notre crédit national. Aussi, les charges annuelles du trésor tunisien diminuèrent de plus d'un million et demi.

Le traité du Bardo, la réforme des finances et celle des juridictions consulaires, telles sont les grandes lignes de l'organisation donnée par Jules Ferry à la Tunisie.

Il put constater lui-même, lorsque plus tard il visita la Régence, que cette organisation à la fois souple et féconde, avait produit, en quelques années, des résultats surprenants dont la France avait déjà le droit d'être fière.

Les résultats, aujourd'hui, sont plus frappants encore. Depuis l'an dernier, la Régence a reconquis sa pleine indépendance économique au regard de l'étranger et la clause de la nation la plus favorisée ne peut plus être opposée à la France dans ses rapports commerciaux avec la Tunisie.

Le réseau des voies ferrées s'accroît, trop lentement peut-être, au gré de certaines impatiences, mais du moins sans imposer de charges nouvelles à la garantie d'intérêts. Comme tant d'autres dépenses utiles, les frais d'établissement d'une partie de ce réseau complémentaire ont été couverts par le bénéfice de la dernière conversion de la dette et par les excédents de recettes des budgets annuels.

Il y a peu d'années, un seul port, La Goulette était accessible aux navires de haute mer, sur toute l'étendue des côtes tunisiennes. Aujourd'hui les grands navires font leurs opérations à quai de Tunis. Il en est de même depuis deux ans à Sfax comme à Bizerte; demain, Sousse, à son tour, inaugurera son port.

La mise en œuvre des richesses agricoles et minières de la Tunisie se développe, les capitaux français n'ont pas cessé d'affluer et c'est à l'esprit d'entreprise de nos compatriotes que l'on doit tout à la fois l'ouverture à l'exploitation des riches gisements de phosphates de Gafsa et la ligne créée pour amener, avec les marchandises intérieures, les produits de la mine sur les quais de Sfax.

Pourquoi Jules Ferry n'est-il pas aujourd'hui au milieu de nous, pour contempler ce spectacle? Mieux encore peut-être que nous ne pouvons le faire, il jouirait des progrès accomplis. Mieux à coup sûr que quiconque, il tracerait d'une main sûre avec l'autorité d'une longue expérience des hommes et des choses, avec la pénétration de son esprit si clairvoyant et si net, le programme ordonné des progrès à venir et des améliorations nécessaires. Il nous dirait qu'un État ne peut rester stationnaire sans risquer de rétrograder ; l'évolution des sociétés humaines, en effet, se poursuit sans repos ni relâche, et, sous peine de décadence, les nations comme les hommes sont condamnées à la recherche incessante du mieux.

Jules Ferry avait foi dans l'avenir de la Tunisie. S'il lui était donné de contempler le brillant tableau que nous avons sous les yeux il y verrait le gage d'un avenir plus brillant encore.

La situation actuelle, avec toutes ses promesses, elle était en germe dans la pensée de Jules Ferry ; elle est la conséquence de l'impulsion première qu'il sut donner à son œuvre.

Peut-on concevoir une démonstration plus éclatante de la sûreté des vues qu'il a tant de fois et si magistralement exposées sur la nécessité de notre expansion coloniale, il la jugeait indispensable au bon renom comme à la prospérité matérielle de la patrie, plus indispensable encore à son autorité morale dans le monde.

Comme le Tonkin, la Tunisie lui a donné raison. Plus hautement aujourd'hui que jamais, il revendiquerait ce titre de Tunisien ou de Tonkinois, dont tant de fois les méchants et les sots ont cru lui faire un outrage.

Messieurs, le 28 février 1893, dans ce noble discours au Sénat qui fut son testament politique, Monsieur le Président Jules Ferry remerciait ses collègues d'avoir mis un terme à une longue épreuve et d'avoir décidé que l'ostracisme, « cet enfant irrité de la cité antique, » n'aurait pas de place dans notre démocratie libérale » et tolérante ».

Il ajoutait :

« Vous avez pensé que l'adversité ne porte pas les

» mêmes fruits dans toutes les âmes; que si les unes
» en sortent aigries et révoltées, d'autres s'y retrempent
» et s'y instruisent à la clarté des jours d'épreuve.
» L'expérience des hommes et des choses est une
» grande école d'équité. »

Instruite, elle aussi, hélas, à la clarté des jours
d'épreuve, la France, dans son équité souveraine sait
tôt ou tard rendre justice à ses enfants.

Jules Ferry est entré dans l'histoire. La statue qu'on
lui dresse aujourd'hui au cœur même de ce royaume de
Tunis qu'il a indissolublement lié à la France, consacre
le jugement désormais définitif que ses contemporains
portent dès à présent sur son œuvre; ce jugement, ils
n'ont pas à craindre que l'impartiale Histoire vienne
jamais le démentir.

7 mai (1).

Sur le bateau qui nous ramenait en France, après une dernière journée passée tout entière à Carthage, au musée de Saint-Louis et dans les tranchées ouvertes par M. Gauckler, ceux d'entre nous que la mer, assez dure, a le plus épargnés, s'occupaient, pendant les longues heures de la traversée, à repasser ce qu'ils avaient vu, au cours de la rapide excursion qui les avait, en huit jours, promenés de Bizerte à Sfax, de la région des plaines fertiles, toutes vertes de blés drus et d'orges déjà hautes, aux terres légères des riches olivettes du Sahel méridional.

Ce qui nous avait laissé à tous le souvenir le plus vif et le plus cher, c'était la fête du lundi 24, celle de l'inauguration du bronze de Jules Ferry. Cette fête a été vraiment belle, et par la noblesse de la mise en scène et surtout par l'accord unanime de toutes les âmes et de toutes les pensées qui se sont trouvées un moment réunies dans le sentiment d'un grand acte de reconnaissance patriotique auquel tous se sont associés avec une sincère émotion, aussi bien le plus humble Français perdu dans la foule que les ministres qui portaient la parole, au nom du Gouvernement de la République, MM. Millet et Krantz. C'est ce dont la sécheresse des dépêches télégraphiques n'a pu donner qu'une très faible idée; peut-être n'est-il pas trop tard pour revenir sur la solennité de cette matinée, dont je dirais volontiers que, pour tous ceux qui y ont assisté, elle restera toujours inoubliable, si, depuis les fêtes de la visite russe, on n'avait beaucoup abusé de cet adjectif.

---

(1) *Journal des Débats.*

A dix heures, les voiles tombaient qui avaient jusqu'alors caché la statue et son piédestal. Ils étaient enlevés sur un signe du ministre de France, résident auprès du bey de Tunis; puis aussitôt M. Millet, debout devant la tribune, saluait la statue en rappelant quels titres avait à cet honneur celui dont elle reproduisait les traits.

Ce discours est un morceau de grande allure, d'un tour très littéraire et d'un accent très personnel. Dès les premiers mots qu'il prononça d'une voix bien timbrée, l'orateur était maître de son auditoire. « Monsieur le Ministre, Messieurs les sous-secrétaires d'État, dit-il en commençant, j'ai l'honneur de vous présenter le monument qui a été élevé, aux frais du Gouvernement tunisien, à la mémoire du grand citoyen Jules Ferry.

» Messieurs, songez que c'est la première statue qu'on dresse ici depuis la chute de l'empire romain, c'est-à-dire depuis plus de quatorze siècles.

» Malgré la différence des temps et du costume, les personnages consulaires dont l'effigie dominait les vieux forums disparus reconnaîtraient leur descendant direct dans cet homme au front volontaire, à l'œil attentif, au geste sobre et décidé. Comme le consul romain, c'est un fondateur, et cette terre d'Afrique, qu'il a touchée de son doigt puissant, gardera son empreinte. »

Il y avait quelque chose de saisissant dans cet heureux début. Cette statue de bronze qui s'élève là sur son socle de pierre, la première après ces images d'airain et de marbre dont les restes viennent aujourd'hui se grouper dans les musées de l'Afrique, cette statue marque bien le changement qui s'est opéré dans la situation de l'ancienne *Afrique proconsulaire;* elle est le symbole de l'œuvre de civilisation qui vient d'être reprise ici sous les auspices de la France, après de longs siècles pendant lesquels a été gaspillé et presque détruit le capital des grands travaux publics, d'agriculture savante, d'industrie active et de richesse lentement accumulée que Carthage et Rome son héritière avaient créé par un lent et patient effort. Rien de plus juste aussi que la comparaison instituée entre les maîtres que Rome donnait à l'Afrique et l'inspirateur du *traité de Ksar Saïd.* On sentait, chez Ferry, pour peu qu'on l'eût approché ou que l'on suive la marche de la politique, cette netteté d'esprit, cette volonté ferme et froide qui caractérisaient les chefs des armées romaines et les administrateurs des conquêtes opérées par les légions. Soldat, il eût été de ces généraux comme Rome en compte tant dans son histoire, que les échecs ne décourageaient pas, qui excellaient à relever les parties que l'on pouvait croire perdues et à finir par triompher en lassant l'adversaire, en profitant de toutes ses impatiences et de toutes ses fautes. Après la victoire, nul n'aurait mieux su que lui organiser la province, régler ce que la langue officielle de Rome appelait la *forma provinciæ*, en adaptant le régime nouveau du pays aux conditions particulières que lui faisaient son passé, ses traditions et ses besoins.

Le reste du discours, où est brièvement résumée toute l'histoire des négociations et de l'action militaire qui aboutirent à la fondation du protectorat, n'est pas moins bien venu; ce qui donne à tout cet exposé un vif intérêt, c'est que M. Millet, en 1881, tout jeune homme, était le chef du cabinet de M. Barthélemy Saint-Hilaire, le ministre des Affaires étrangères, qui, sous la direction de Jules Ferry, alors président du Conseil, eut à prendre la responsabilité de l'expédition et à l'expliquer, à la justifier devant les Chambres françaises et devant l'Europe. Nul aussi n'était mieux à même que M. Millet de définir, par quelques traits vifs et justes, le caractère original du régime que la France a voulu alors fonder en Tunisie et qui, jusqu'à présent, a donné de si beaux résultats; parmi ceux auxquels la France a confié le soin de poursuivre ici l'œuvre inaugurée en 1881, nul, malgré bien des difficultés et bien des résistances intéressées, n'est resté plus fidèle à l'esprit du protectorat, n'a mieux compris et servi avec plus de constance et de passion la pensée large et humaine des fondateurs de ce régime.

Après M. Millet, M. Krantz a retracé à son tour, dans des pages où l'on sent partout une parfaite connaissance du sujet, ce que l'on peut appeler l'histoire parlementaire de l'occupation; il a dit éloquemment ce que l'on devait de reconnaissance aux deux hommes qui avaient su deviner ce que donnerait à la France, dans la Méditerranée, le rattachement à son empire de ces côtes qui prolongent l'Algérie et quel champ d'action trouveraient ici tout ce qu'elle renferme et de capitaux et de forces qui cherchent leur emploi. Il a pris acte, avec autorité, du retour de l'opinion qui fait aujourd'hui à Ferry un titre de gloire des épithètes qu'on lui jetait jadis à la face comme une injure; il a loué, en termes simples et graves, Ferry le *Tonkinois*, Ferry le *Tunisien*.

Après ces discours, les troupes, nos belles troupes d'Afrique, les zouaves, les tirailleurs indigènes, les lignards en tenue de campagne, une batterie d'artillerie ont défilé devant la statue; les officiers ont salué de l'épée; les drapeaux se sont inclinés devant le bronze sur lequel étaient fixés tous nos regards et auquel nous sommes ensuite allés tous porter nos hommages, marchant à pas lents derrière cette veuve qui a partagé toutes les émotions, toutes les joies et toutes les amertumes de cette noble vie sitôt terminée. Sa douleur est de celles qui n'ont jamais compris ni admis les consolations banales; mais cette réparation solennelle, offerte dans ce cadre grandiose à celui qui fut un moment la victime de l'ostracisme, « cet enfant irrité de la cité antique », a pu lui faire sentir qu'il valait encore pour elle, au lendemain de la séparation, la peine de vivre.

La statue est celle que Mercié a modelée et fondue pour le monument de Saint-Dié; mais elle est ici plus haut placée et sur un plus large piédestal, d'une heureuse proportion, qui fait honneur à l'architecte, M. Resplandy; elle a autour d'elle plus d'air et d'espace; debout, au terme de l'avenue de la Marine, elle est tournée vers la ville, vers cette ville arabe qu'elle a soumise à la France, sans rien lui enlever de sa couleur orientale, vers cette ville franque qui, entre les vieux remparts et le port, s'agrandit d'année en année et presque de mois en mois, où les maisons poussent presque aussi vite que, tout autour d'elle, les eucalyptus plantés par nos colons croissent dans les campagnes, qu'ils assainissent. Seules, les figures qui décorent le piédestal diffèrent; c'est du côté de la ville, une jeune femme arabe qui tend au régénérateur de la Tunisie une gerbe d'épis, et, à l'autre angle, assis sur la marche, un colon qui tient l'outil en main et se repose du travail de la journée. Du côté de la mer, un médaillon de bronze, appliqué sur le dé du piédestal, nous rend l'énergique et fier profil de Barthélemy Saint-Hilaire, de ce vieillard qui, lui aussi, eut dans toute sa vie et dans son langage quelque chose du Romain idéal; ce fut un Caton, sauf l'impitoyable dureté. Sur le degré, un enfant français montre du doigt à un enfant arabe les pages d'un livre; il lui apprend à lire. C'est là une vive traduction, par l'image, de la pensée qui a été jusqu'ici, en Tunisie, celle de tous ceux que la France a chargés d'appliquer ici les institutions dont le germe était déjà contenu dans le traité de Ksar-Saïd et qui ont été développés par les Roustan, les Cambon et les Massicault, pour ne parler que de ceux qui ont quitté l'Afrique. Le vœu que nous formions tous, tous ceux qui étaient venus de France pour assister à cette fête du souvenir et de la justice tardive mais complète, c'est que notre nation ne se décourage pas de poursuivre, malgré toutes les difficultés qu'elle comporte, cette expérience qui lui fait tant d'honneur. Le régime du protectorat a épargné jusqu'à présent, à la Tunisie, les deux maux dont l'Algérie souffre aujourd'hui si cruellement, la guerre déclarée à l'indigène et l'antisémitisme. Les heureux résultats de ce régime, ils ont été entrevus et devinés même par ceux

qui, comme la plupart des passagers de la *Medjerda*, en étaient
encore à découvrir. la Tunisie. Ceux d'entre eux qui se trouvaient
connaître Alger ont été tout d'abord frappés de la différence. Tandis qu'à Alger la *kasbah* a été *haussmanisée*, comme nous disions il
y a trente ans, qu'elle a été éventrée par de larges boulevards que
bordent des maisons de rapport et qui n'ont, pour ainsi dire, rien
laissé subsister de la ville arabe, ici la ville arabe n'a subi aucune
atteinte. C'est autour d'elle, sans l'entamer nulle part, que nos ingénieurs ont créé les boulevards dont ils avaient besoin pour y faire
circuler les fiacres et les tramways. C'est en dehors d'elle, entre sa
vieille muraille et le port, là où s'étendait autrefois une plage mal-
saine, que s'est bâtie la ville européenne, avec ses hautes maisons de
pierre, avec ses rues larges, trop larges peut-être, avec ses allées
plantées de faux poivriers, de mimosas et de ficus, avec son *jardin
d'essai* et son beau parc du Belvédère. La Tunis franque sera, d'ici
à quelques années, une des plus jolies parmi les villes que baignent
les eaux de la Méditerrannée, et, en même temps la Tunis des Haf-
sides, Tunis *la Blanche*, comme l'appelaient les voyageurs et les
poètes, a mieux gardé son caractère oriental qu'aucune des villes
cotières de l'Égypte, de la Syrie et de l'Asie mineure. Je ne sais, sur
tous ces rivages, que Tripoli de Barbarie qui, par l'aspect de ses
maisons et de ses rues, soit restée plus *barbaresque* que Tunis, qui
surprenne et amuse encore davantage l'œil d'un Occidental par la
physionomie et la couleur de ses bâtiments et de son peuple. Il en
est de même à Sousse et à Sfax. Dans l'une et l'autre de ces villes,
depuis la création des ports fermés, le quartier européen a, toute
proportion gardée, pris le même développement qu'à Tunis, sans
que l'on ait touché au décor pittoresque des anciennes enceintes,
sans que la vie des musulmans et des israélites ait été troublée par
les caprices tyranniques d'agents voyers fanatiques de symétrie, sans
que les marchands et les ouvriers indigènes aient été chassés de ces
souks où chacune des corporations auxquelles ils appartiennent a,
depuis des siècles, sa place marquée.

Partout là, c'est la pensée mère du protectorat qui se traduit,
d'une manière sensible par la juxtaposition des deux villes, par la
vie parallèle de ces deux sociétés dont l'une se crée et dont l'autre
renaît et se relève, à la faveur de la *paix française*, aussi bienfai-
sante que l'a été jadis, dans cette même région, la *paix romaine*.
D'autres diront, avec les chiffres à l'appui, quels capitaux considé-
rables ont apporté ici les colons, combien d'hectares incultes ils ont
mis en valeur, quelles ressources ont fournies à la culture, à l'industrie et au commerce, soit les travaux de voirie exécutés par

l'administration, soit les concours prêtés par les grandes Compagnies financières; ils évalueront l'énorme augmentation de richesse qui a été produite par cette intervention du génie de l'Europe civilisée; mais ce que je tiens à marquer ici, c'est que l'on se tromperait fort en croyant que les indigènes n'aient point, à leur manière et en marchant de leur pas, pris part au mouvement et à l'effort qui tendent à reconstituer l'antique fécondité de l'Afrique proconsulaire, à recréer cette opulence qu'avaient détruite des siècles d'incurie et de gaspillage. Dans la province de Beja, j'ai vu, se déroulant à perte de vue sur les larges ondulations des collines, des champs de blé où la continuité de la future moisson n'était plus interrompue par ces tas de pierres et ces touffes de broussailles que contourne d'ordinaire, sans oser s'y attaquer, la charrue arabe, et pourtant, me disait-on, ces champs appartenaient presque tous à des indigènes; mais, dans ce district, beaucoup de ceux-ci avaient déjà appris à employer la charrue française et à défoncer le sol, au lieu de se borner à l'égratigner. Autour de Sfax, on m'a montré des centaines d'hectares que des propriétaires arabes avaient, depuis peu de temps, repris sur la friche, et, à l'exemple des colons, leurs voisins, plantés en oliviers et en amandiers.

Comme nous constations, comme nous nous remémorions les fruits qu'a déjà portés ce régime du protectorat, nous étions d'accord pour désirer voir l'expérience se poursuivre dans des conditions analogues à celles où elle a été entreprise; mais nous ne pouvions nous défendre de quelques inquiétudes sur son avenir. Elle exige, chez ceux qui y président, une rare souplesse d'esprit. Ils ont à tenir compte des habitudes et des tendances très diverses de deux populations distinctes, l'européenne et l'arabe, qu'il s'agit de faire vivre l'une auprès de l'autre, relevant d'une même autorité souveraine, mais soumises à deux lois différentes.

Jusqu'à présent, la métropole a su désigner pour remplir ces fonctions délicates, des hommes qui ont été à la hauteur de leur tâche, et rien ne nous interdit d'espérer que notre ministère des Affaires étrangères continue à être aussi heureux dans ses choix.

Dieu veuille seulement, disions-nous tous, que, de sitôt, l'on ne s'avise point de donner des députés à la Tunisie!

GEORGES PERROT,
MEMBRE DE L'INSTITUT